FOLIO CADET

Michael Morpurgo

LE SECRET DE GRAND-PÈRE

Illustré par
Michael Foreman

Traduit de l'anglais
par Diane Ménard

Titre original: *Farm Boy*
Édition originale publiée par Pavilion Books Ltd., Londres, 1997
© Michael Morpurgo, 1997, pour le texte
© Michael Foreman, 1997, pour les illustrations
© Éditions Gallimard Jeunesse, 2001, pour la traduction française

Pour les gens d'Iddesleigh,
ceux d'hier, d'aujourd'hui
et de demain
M. M.

For the people of Iddesleigh
those of yesterday, today and
tommorrow.

Il y a un vieux tracteur Fordson vert,
toujours recouvert de sacs de blé, au fond
de la grange de Grand-père. Quand j'étais
petit, j'avais l'habitude d'aller là, d'écarter les sacs, de monter sur le tracteur et
de le conduire tout autour de la ferme.
Parfois, je partais pour la matinée, mais

9

on savait toujours où me trouver. Je traçais les sillons, je labourais ou je fauchais à ma guise. Peu m'importait que le moteur ne marche pas, qu'une des roues en fer manque, que je n'arrive même pas à tourner le volant.

Là-haut sur mon tracteur, j'étais un paysan, comme mon grand-père, et je pouvais parcourir comme je le voulais les alentours de la ferme. Quand j'avais fini, il fallait toujours que je remette en place les sacs de blé pour protéger le tracteur. Grand-père disait que je devais le faire pour qu'il ne prenne pas la poussière.

– Ce vieux tracteur, me disait-il, est spécial, il est très important.

Je le savais déjà bien sûr, mais je dus attendre plusieurs années avant de découvrir à quel point il était spécial et important.

Je viens d'une famille qui cultive la terre depuis plusieurs générations, mais je n'en aurais rien su si Grand-père ne me l'avait

pas dit. Ma propre mère et mon père ne semblaient pas intéressés par les racines familiales, ou peut-être préféraient-ils simplement ne pas en parler. Ma mère a grandi à la ferme. Elle était la plus jeune de quatre sœurs, mais aucune d'elles n'est restée à la campagne plus longtemps que le strict nécessaire. L'école avait mené ma mère jusqu'à l'université. L'université l'avait entraînée jusqu'à Londres où elle avait commencé par enseigner avant de rencontrer mon père, un pur citadin qui ne cachait pas son aversion pour la campagne et tout ce qui s'y rapportait.

– C'est sûrement très bien en photo, disait-il, du moment qu'on n'est pas obligé de s'y promener et de sentir les odeurs.

Il l'avait même dit devant Grand-père.

J'avais toujours senti que mes parents avaient un peu honte de Grand-père et de ses attitudes vieux jeu. Je n'avais jamais vraiment compris pourquoi – jusqu'à l'autre jour. Et quand j'ai compris, ce n'est pas de Grand-père dont j'ai eu honte.

J'ai toujours aimé aller dans le comté de Devon, à Burrow, dans la vieille chaumière au bout du chemin défoncé. Grand-père est né là. Il n'a jamais vécu ailleurs, et n'en a jamais eu envie. C'est la seule personne que je connaisse qui semble entièrement satisfaite de sa place sur la terre et de la vie qu'il a menée. Cela ne veut pas dire qu'il ne râle jamais. Il grogne souvent – à propos du temps, ou de la télévision qu'il reçoit mal –, il adore toutes les intrigues policières, que ce soit sous forme de feuilletons, de pièces de théâtre ou de films. Il peste contre les renards quand ils fouillent dans ses

13

poubelles et hurle des insultes contre les avions quand ils passent en rugissant au-dessus de la cheminée. Mais il ne se plaint jamais de son sort. Il ne prétend jamais être ce qu'il n'est pas, et mieux encore, il ne me demande pas d'être ce que je ne suis pas. C'est ce que j'aime en lui, que j'ai toujours aimé, et c'est peut-être la raison pour laquelle j'allais si souvent chez lui, dans sa ferme du Devon, pendant les vacances scolaires.

Parfois, il me raconte comment ça se passait quand il était jeune. Il ne dit pas que c'était mieux ou moins bien. Il raconte simplement comment c'était. Je crois surtout qu'il aime se souvenir du passé.

Grand-père adore ses hirondelles. Tous les deux, nous les avons souvent regardées voler bas au-dessus des champs. Il hochait alors la tête, émerveillé. Un jour, il m'a raconté pourquoi il avait toujours aimé les hirondelles. C'était la

première fois qu'il me parlait de son père, mon arrière-grand-père ou le «Caporal» comme tout le monde l'appelait dans le village. Et c'était aussi la première fois que j'entendais parler de Joey.

– Les hirondelles, commença Grand-

père en s'installant confortablement dans son fauteuil…

Je savais que c'était le début d'une histoire.

– C'est sûrement sur ces oiseaux-là que j'ai ouvert les yeux la première fois. Et c'est assez drôle. Mon père, quand il était jeune, allait de ferme en ferme à la recherche de tous les nids de moineaux, de corneilles et de corbeaux. Il chipait les œufs, tu vois; et on lui donnait de l'argent pour ça, pour chaque œuf qu'il sortait de son chapeau. Ça ne faisait pas beaucoup d'argent, mais chaque sou comptait pour lui. Les moineaux, les corneilles et les corbeaux étaient terriblement nuisibles pour les paysans. Ils s'en prenaient vite

au blé, si on les laissait faire. Quoi qu'il
en soit, Père s'est attiré quelques ennuis à
cause des hirondelles. Il avait un ami – je
n'arrive pas à me souvenir des noms, je
n'ai jamais pu –, mais je sais que c'était un
copain d'école, et cette espèce d'imbécile
était allé voler un nid d'hirondelle au lieu
d'un nid de corbeau. Quand Père s'est
aperçu de ce qu'il avait fait, il a vu rouge.
Il lui a donné une terrible raclée, et le
garçon est rentré chez lui en saignant du
nez. Père est allé remettre les œufs d'hirondelle à leur place. Ensuite, mon père
se rappelait que la mère du garçon était
venue, lui avait donné une gifle à cause de
son fils et qu'on l'avait envoyé se coucher
sans dîner. Ce n'est pas juste quand on y
pense, tu ne trouves pas? Quant aux œufs
qu'il avait remis dans leur nid, cela n'a
servi à rien. La mère oiseau n'est jamais
revenue.

Père se fourrait toujours dans des guê-
piers, quand il était jeune. Mais le pire de

17

tout a été la guerre, la Première Guerre mondiale. Pourtant, comme dans l'histoire des hirondelles, il n'avait pas l'intention de se battre. C'est arrivé, tout simplement. Cette fois, c'était à cause de son cheval. Tu comprends, il n'est pas parti à la guerre parce qu'il voulait se battre pour le roi ou pour son pays, comme beaucoup d'autres. Ce n'était pas ça. Il est parti parce que son cheval Joey y est allé.

Père n'était qu'un garçon de ferme quand la guerre a éclaté; il avait tout juste quatorze ans. Comme moi, il n'avait pas été longtemps à l'école. Il n'avait pas beaucoup de considération pour les études et ce genre de choses. Il disait

qu'on pouvait apprendre ce qu'il fallait
savoir en ouvrant ses yeux et ses oreilles.
Le meilleur moyen d'apprendre, disait-il,
est de faire les choses. Je reconnais que
là, il n'avait pas tort. Enfin, je dis ça en
passant. Il avait donc ce jeune poulain
qu'il avait habitué au licou, habitué à être
monté, habitué à labourer. Joey, il l'appelait. C'était un cheval bai, avec une étoile

19

blanche sur le front, et on aurait dit qu'il avait quatre chaussettes blanches. Il était devenu le meilleur ami de mon père. Ils avaient aussi une vieille jument. Elle s'appelait Zoey, et tous les deux labouraient comme s'ils étaient nés pour ça, ce qui était sûrement le cas. C'étaient les deux meilleurs chevaux de labour de toute la commune. Joey était aussi fort qu'un bœuf et aussi doux qu'un agneau. Zoey était intelligente et traçait des sillons aussi droits que des flèches.

Mais c'était Joey que mon père préférait.

S'il tombait malade, Père se couchait dans l'écurie près de lui et ne le quittait pas d'une semelle. Il aimait ce cheval comme un frère, et peut-être davantage.

Un jour, quelques mois après le début de la guerre, Père s'est rendu au marché pour vendre quelques moutons gras. En ce temps-là, bien sûr, il fallait les mener le long de la route jusqu'au marché. Il n'y avait pas de camions, ni quoi que ce soit. Il était donc parti presque toute la journée. Pendant ce temps, des soldats étaient entrés dans le village pour y chercher de bons chevaux robustes et ils payaient bien pour ça. Ils avaient besoin de tous les chevaux qu'ils pouvaient trouver pour la cavalerie, ou pour tirer des canons, des chariots de munitions, des ambulances. Presque tout était tiré par des chevaux, à l'époque. Mon père revient du marché et voit qu'on emmène Joey. C'était son propre père qui

21

avait fait ça. Il avait vendu Joey à l'armée pour quarante livres, moi je dirais plutôt pour quarante pièces d'argent.

Père a toujours dit que son propre père était ivre et qu'il n'avait pas voulu mal faire, mais à mon avis ce n'est pas une bonne excuse. Qu'est-ce que tu en penses ? Et tu sais, je n'ai jamais entendu mon père lui reprocher quoi que ce soit. Il était comme ça. L'homme le plus gentil de la terre, mon père. Grand et doux, exactement comme Joey. Mais il avait du courage aussi.

Une quinzaine de jours plus tard, il s'est levé et il est parti, il est parti s'engager, il est parti retrouver Joey. Il avait dû raconter au sergent recruteur qu'il avait seize ans, mais ce n'était pas vrai, bien sûr. Il était assez grand, cependant, et sa voix avait mué. Et comme ça, il est parti pour la France. Parti à l'armée à quatorze ans.

Mais il y avait des millions d'hommes, là-bas, et des millions de chevaux aussi. Une aiguille dans une botte de foin, tu dois te dire, et tu as bien raison. Il a passé trois ans à chercher Joey, mais il n'a jamais abandonné. Le plus dur, c'était de rester en vie. L'enfer sur la terre, il appelait ça. Toujours attendre, attendre de monter au front, attendre dans les tranchées avec des obus et des bombes qui éclatent tout autour de toi, attendre le coup de sifflet qui t'envoie à découvert, à travers le *no man's land*, attendre la balle qui porte ton propre nom.

Il a été blessé deux fois à la jambe, ce qui était une chance pour lui, comme il disait, car on était toujours beaucoup plus en sécurité à l'hôpital que dans les tranchées. Mais ses oreilles se sont mises à tinter à cause du fracas des obus, et ce bourdonnement l'a fait souffrir toute sa vie. Il a vu des choses terribles là-bas, en France, des choses terribles auxquelles il est insupportable de penser, ses amis soufflés par les explosions, les chevaux noyés dans la boue sous ses propres yeux.

Et pendant tout ce temps, il n'a jamais oublié Joey, il n'a jamais oublié pourquoi il était venu là.

Puis, un matin, au point du jour, les troupes sont en état d'alerte dans les tranchées, dans l'attente d'une attaque des Allemands. Il regarde à travers le brouillard et aperçoit un cheval qui erre, perdu dâns

le *no man's land*. Père n'hésite pas une
minute. Il adore les chevaux, tous les chevaux, alors il doit aller le chercher, non?
Il sort aussitôt de la tranchée et court
vers le cheval. Le problème, c'est qu'il
y a un Allemand qui fait exactement la

même chose que lui. Les deux hommes se retrouvent donc au milieu, sous les yeux des soldats des deux armées. Alors, ils l'ont joué à pile ou face, je t'assure qu'ils l'ont fait. Ils ont joué le cheval et Père a gagné. Et… tu l'auras deviné, quand il a ramené le cheval et l'a nettoyé, il a vu que c'était un cheval bai avec une étoile sur le front, et qu'il avait comme quatre chaus-settes blanches. C'était Joey. Je sais que

c'est difficile à croire. Mais c'est la vérité, je peux te le dire.

Et ce n'est pas fini, loin de là.

À la fin de la guerre, l'armée a décidé de vendre tous les vieux chevaux de bataille pour en faire de la viande. Oui, ils allaient les tuer. Les tuer tous ! Ils allaient tuer Joey. Après tout ce qu'il avait subi, tout ce qu'il avait fait, ils allaient l'abattre pour la boucherie. Alors mon père a fait la seule chose

29

qu'il pouvait faire. Il a racheté Joey à l'armée avec son argent, toute sa solde qu'il avait mise de côté et, à la fin de la guerre, il l'a ramené sain et sauf à la maison.

Des bannières, des banderoles, des dra-
peaux étaient accrochés dans tout le village. La fanfare de Hatherleigh était là
aussi, avec tous ses cuivres, uniquement

pour lui. J'ai vu les photos. Tout le monde était venu, tout le village, qui criait et l'acclamait: «Bienvenue à la maison, Caporal! Bienvenue, Joey!» On l'appelait toujours Caporal. Tout le monde l'appelait comme ça.

Mais, à la fin des célébrations, Père est retourné aussitôt travailler, exactement comme avant la guerre: il a recommencé à labourer les champs, à faucher, à traire les vaches, à les garder. Et, bien sûr, son Joey était avec lui. Les gens disaient qu'il aimait tellement ce cheval qu'il ne se marierait jamais. Ils disaient qu'il n'y avait pas assez de place dans son cœur. Ils avaient tort, non? Sinon je ne serais pas là, pas vrai?

Il s'intéressait à Maisie Coppledick, déjà depuis l'école. Et elle s'intéressait à lui, ce qui était plus important encore; tout est donc allé pour le mieux. Ils se sont mariés le 1er mai 1919 à l'église d'Iddesleigh. Ce jour-là, il avait plu à seaux, c'est ce que

mon père disait; et le lendemain, ils sont
venus s'installer là, à Burrow.

Un an plus tard, à quelques semaines
près, je suis né. Il y avait un nid d'hirondelles sous l'avant-toit juste au-dessus de
la fenêtre de ma chambre. Nous les regardions avec ma mère qui venait s'asseoir
avec moi dans ma chambre au cours de
mon premier été. Depuis le jour de ma
naissance, j'ai toujours aimé les hirondelles, et je les aimerai toujours.

Grand-père adore raconter ses histoires, et moi, j'adore l'écouter. Mais ce ne sont pas seulement ses histoires que j'aime – pour être franc, je les ai déjà entendues presque toutes plusieurs fois – c'est la façon dont il les raconte.

Il parle avec ses sourcils, avec ses mains. Et il sait bien écouter aussi, ce qui me donne envie de parler. Il écoute aussi avec ses sourcils. On s'entend bien, tout simplement. Depuis toujours. Je ne sais pas vraiment pourquoi. Et pourtant, nous sommes nés dans des mondes complètement différents. C'est un vieux rat des champs et je suis un jeune rat des villes – autobus au bout de la rue, supermarché au coin, centre de loisirs et tous ces trucs-là. Je n'aime pas beaucoup les séries policières, *Columbo*, ni les films tirés des livres d'Agatha Christie, mais quand je suis avec Grand-père, je les regarde parce que j'aime le regarder quand il les regarde, qu'il fronce ses sourcils d'excitation et agrippe les bras de son fauteuil.

Mais, parfois, il se conduit comme un vieil ours. Ces jours-là, j'évite simplement de me trouver sur son chemin et lui évite de se trouver sur le mien.

Ces jours-là, il devenait triste, silencieux et fuyait mon regard. Je savais alors ce qu'il en était. Quand il ne nettoyait pas ses bottes – la dernière chose qu'il faisait d'habitude avant de se coucher – c'était mauvais signe. Quand il était comme ça, il n'allumait jamais la télévision. Il restait assis à contempler le feu. Il devait se forcer à se lever pour enfermer les poulets, le soir. Il était triste, ou furieux contre quelque chose. Mais je ne savais pas ce qu'il avait et il valait mieux ne pas le lui demander.

Et puis, l'été dernier, alors que je venais de passer mes derniers examens avec succès, que j'étais à la ferme pour un bon bout de temps, il me dit ce qui n'allait pas.

Jusqu'alors, Grand-père ne m'avait presque jamais parlé de ma grand-mère. Il avait une photo d'elle sur le buffet de la cuisine, et je savais qu'elle était morte avant ma naissance, qu'il vivait seul depuis plusieurs années. Je n'en savais pas plus à son sujet et n'avais pas envie de poser de questions. Grand-père était dans un de ses mauvais jours, assis près du poêle, dans ses chaussettes trouées, quand j'entrai dans la pièce pour prendre le thé. J'étais allé nettoyer l'étable. Je ne m'attendais pas à ce qu'il parle.

– J'étais en train de penser à elle, là-bas sur le buffet, déclara-t-il.

Je mis quelques secondes avant de comprendre ce qu'il voulait dire.

– Ça fait vingt ans aujourd'hui. Elle s'en est allée, elle m'a quitté il y a vingt ans.

Elle s'en est allée, elle est morte dans mes bras. Elle était tout pour moi. Et tu sais quoi ? Nous étions en plein milieu de quelque chose, quelque chose que nous n'avons pas fini. Elle est tombée malade et elle est morte. Elle n'aurait pas dû. Elle n'aurait jamais dû.

– Vous étiez au milieu de quoi ? lui demandai-je.

Il me regarda en essayant de sourire.

– Tu es un brave petit. Quand j'y pense, tu es un peu comme elle, tu sais. Tu laisses les gens tranquilles quand il le faut. Il y en a qui ont deviné, ton père et ta mère, par exemple, j'en suis sûr ; mais la seule personne à qui je l'ai vraiment dit, c'est elle, là, sur le buffet. Je le lui ai dit avant de l'épouser, et elle m'a répondu que ça ne faisait rien, que ce n'était pas ce qui comptait le plus chez quelqu'un. Il n'y a pas de quoi avoir honte, disait-elle. Que son cœur soit béni. Elle devait quand même avoir honte. Bien sûr, dès qu'elle est venue vivre avec moi, je n'ai plus eu besoin de m'en occuper, tu comprends? Je veux dire qu'elle faisait tout pour moi. Et j'avais toutes les excuses possibles : il y avait la ferme. Je travaillais du matin au soir; et les enfants à élever, les bouches à nourrir, les traites à payer. Eh oui, j'avais toutes les excuses. Mais la vérité, c'est que je m'en fichais. Puis, quand les enfants ont grandi et se sont plus ou moins envolés du nid, elle m'a dit que nous avions le temps de nous y mettre. Elle a dit que nous devrions nous asseoir ensemble le soir, quand j'avais fini les travaux de la ferme, et commencer. C'est ce que nous avons fait. À peine un mois plus tard, je me suis réveillé un matin, et elle était toujours au lit, à côté de moi. D'habitude, elle se levait toujours avant moi, toujours. Et elle était froide, si froide! J'ai immédiatement compris qu'elle était morte. Un cœur fragile, m'a expliqué le médecin. Elle avait souffert de rhumatisme articulaire quand elle était petite. Je ne le savais pas. Elle ne me l'avait jamais dit.

Il me fit signe de m'asseoir en face de lui, et me regarda longuement, fixement, avant de reprendre :

– Je lui parle toujours, tu sais. La nuit dernière, je lui ai demandé : «Tu crois que je devrais lui dire ? Tu crois qu'il le ferait ? Qu'est-ce que tu en penses ? » Elle m'écoutait, je le sais. Elle ne dit jamais rien, mais c'est comme si je l'entendais m'écouter, comme si, parfois, je l'enten-dais penser. Et la nuit dernière, elle pen-sait : «Il est temps que tu finisses ce que nous avons commencé. Ça ne sert à rien de rester là assis le reste de tes jours à te lamenter sur ton sort. Demande-lui, vieux grincheux. Au pire, il te dira non. »

Il se redressa soudain et me prit par le bras.

– Alors, tu veux bien ?

Je n'avais toujours pas la moindre idée de ce qu'il me demandait.

– Tu veux bien rester là quelques mois ? Tu pourrais nous donner un coup de main à la ferme. Je te paierais, tu sais, un vrai salaire d'adulte. Et peut-être que…

Il gardait les yeux baissés sur ses mains, triturant ses jointures. Il semblait avoir du mal à continuer.

– Et peut-être que tu pourrais me montrer, comme elle le faisait, elle. J'apprendrais vite.

– Te montrer quoi, Grand-père ? demandai-je.

– Je ne sais pas lire, murmura-t-il. Et je ne sais pas écrire non plus.

Il avait les larmes aux yeux, quand il me regarda.

– Il faut que tu m'apprennes, mon garçon. Il le faut.

– Mais tu m'avais dit que tu étais allé à l'école.

– Jusqu'à treize ans, et je n'étais pas si mauvais que ça. Quelques punitions pour une chose ou l'autre, mais nous en avions

tous, à l'exception de Myrtle. Oh, elle lisait et elle écrivait à merveille. Mais ça ne l'a pas beaucoup aidée, la pauvre. Elle est allée travailler à Ash House et elle est morte de diphtérie avant que j'aie vingt ans. Pauvre fille. Elle était jolie comme une image.

Je n'ai jamais eu la diphtérie, mais j'ai attrapé la scarlatine. À cause de ça, j'ai manqué un an d'école. Et puis, quand j'ai guéri, je voulais travailler le plus possible à la ferme. J'allais chercher les vaches avant de partir à l'école. Je donnais à manger à Joey dans son écurie, et à la vieille Zoey aussi. Ensuite, il fallait marcher au moins trois kilomètres pour arriver à l'école. J'étais en retard presque tous les jours, et on me punissait. Mais je n'en prenais pas ombrage. L'ennui, c'est que je m'endormais toujours pendant les cours de M. Burton, et qu'il n'aimait pas ça. Alors j'étais encore puni. Et parfois, quand les

truites brunes remontaient la rivière, je
faisais l'école buissonnière.

Pendant la moisson, bien sûr, je ne m'oc-
cupais pas beaucoup de mes études. J'étais
dans les champs du matin au soir, s'il le fallait. Les foins en juin, le blé en juillet, les
pommes de terre en octobre, les pommes
à cidre aussi. J'allais attraper les rats pendant le battage du blé, je leur tapais sur

la tête quand ils sortaient de leur trou. Je capturais des blaireaux et mon père me donnait un sou pour chaque queue. Il me donnait six sous pour un joli lapin.

Père ne pouvait pas tout faire seul, tu sais. D'autant qu'il n'était pas en très bonne santé. Sa jambe, blessée à la guerre, lui jouait des sales tours, et il avait toujours ce bourdonnement dans la tête, et la douleur qui allait avec. Ma mère l'aidait quand elle pouvait, mais ils n'auraient pas pu s'en sortir sans moi, surtout pendant la moisson.

Il y avait toujours quelque chose à ramasser : des betteraves, des rutabagas – j'adore les bons rutabagas – et des navets aussi. Et des pierres. Avec Mère, on restait des jours entiers dans les champs de blé à enlever les pierres. Nous n'étions pas des forçats. Père me payait pour chaque boisseau que je ramassais et je donnais la moitié de tout ce que je gagnais à ma mère pour la maison. Dans l'ensemble, j'étais assez content de faire ça. Si tu m'avais demandé où je préférais être, en classe, à la leçon d'écriture de M. Burton, ou en train de nettoyer les cochons, j'aurais toujours choisi les cochons. Franchement.

Je faisais quelque chose d'utile, vois-tu. Et ça pouvait bien sentir mauvais, je m'en fichais complètement. M. Burton disait que j'avais du jus de navet dans la tête, et que si je n'y prenais pas garde, je resterais garçon de ferme toute ma vie. Mais je ne voyais pas quel mal il y avait à ça. Et je ne le vois toujours pas. En plus, j'arrivais à lire assez de mots, tous les mots dont j'avais besoin. Enfin, c'est ce que je croyais. J'arrivais à écrire un peu, aussi. Je n'étais pas idiot, contrairement à ce que disait M. Burton. Simplement, je n'aimais pas être à l'école, et lui, je ne l'aimais pas beaucoup non plus, avec toutes les punitions qu'il me donnait.

Le problème, c'est que quand j'ai quitté l'école, j'ai oublié le peu que je

savais. Je n'avais pas beaucoup l'occasion de m'exercer, tu comprends? Et puis, comme je te l'ai dit, ta grand-mère est venue et elle savait assez bien lire et écrire pour nous deux. Alors, je ne m'en suis plus jamais occupé, jusqu'à ce qu'elle me dise que je n'avais pas de jus de navet dans la tête et qu'elle allait m'apprendre. Mais nous avions laissé ça traîner trop longtemps, tu sais.

Il soupira et se laissa retomber contre le dossier de sa chaise.

– Alors, tu veux bien ? Tu veux bien m'apprendre, comme elle le faisait, elle ? Tu le feras ? Je veux pouvoir écrire exactement comme je parle, et pouvoir lire un livre d'Agatha Christie du début à la fin. Alors ? Je te paierai un vrai salaire.

— Je ne sais pas, Grand-père, lui dis-je. Je n'ai jamais rien enseigné à personne. Et puis, je pensais partir pour l'Australie et y rester un bout de temps, après Noël, quand j'aurais fait assez d'économies.

— L'Australie !

Il eut un petit rire et hocha la tête.

— Quel drôle de monde !

Il se pencha en avant.

— Très bien, reprit-il. Je vais te dire ce que nous allons faire. Tu restes ici jusqu'à Noël, ou un peu plus, disons jusqu'au Nouvel An. J'y arriverai facilement en quatre mois. Tu verras.

J'eus sans doute l'air sceptique.

– Tu ne me crois pas, hein ? Très bien.

Il regarda par-dessus son épaule, avec une certaine nervosité.

– Elle, sur le buffet, là-bas, elle n'aimait pas que je fasse des paris. Trop pieuse, elle disait que c'était un péché, murmura-t-il. Mais je te parie cent livres que si tu m'apprends... disons trois heures par jour jusqu'à Noël, je serai capable de lire un roman d'Agatha Christie tout seul, du début à la fin. Et, en plus, je t'écrirai un bout de mes histoires à moi. Tu verras si je n'y arrive pas ! Donc, je te parie cent livres que j'arriverai à lire et à écrire, les deux. Comme ça tu auras cet argent en plus pour ton voyage en Australie. Alors qu'est-ce que tu en dis ?

On sortit du papier, un crayon, et on commença aussitôt, assis à la table de la cuisine. Cela nous prit beaucoup plus de trois heures par jour. Grand-père ne s'arrêtait que pour faire les repas, pour

manger, remonter le chemin au crépuscule pour aller enfermer les poulets –
«la volaille» –, comme il disait toujours,
et pour dormir. Quand j'avais nourri les
vaches, surveillé les moutons ou nettoyé la
porcherie et que je rentrais, je le trouvais
toujours assis à la table de la cuisine avec
son crayon et ses cahiers, en train de m'attendre. Il me laissait tout juste le temps de
me laver les mains. Au début, il apprit à
lire dans les journaux.

Il aimait les grands caractères d'imprimerie et les photos l'aidaient parfois
à deviner un mot qu'il n'arrivait pas à
déchiffrer. Chaque fois qu'il tombait sur
un nouveau mot, il l'écrivait dans son
cahier.

Je m'étais dit que c'était un bon moyen
d'apprendre à lire et à écrire en même
temps. Il trouvait plus difficile d'écrire.
Il disait que ses doigts ne lui obéissaient
pas. La plupart du temps, il trouvait le
moyen de rire de ses difficultés; mais

parfois, quand il n'y arrivait pas, il devenait coléreux, morose, et je le laissais
continuer tout seul.

Au bout d'un moment, je m'aperçus
que les journaux ne lui convenaient plus.

Il restait silencieux pendant les repas, ressassant une affreuse histoire qu'il avait eu tant de mal à déchiffrer.

Un soir qu'il avait lu un article à propos de nouveaux actes de barbarie en Bosnie, je vis des larmes dans ses yeux.

– Ça ne finira donc jamais? Je me rappelle que Père me disait qu'il n'y aurait plus de guerre, qu'il n'y en aurait plus après la sienne. J'ai honte. J'ai honte pour nous tous. À quoi ça sert de lire, s'il n'y a que ça?

J'essayai *La Semaine de l'agriculteur* avec lui pendant un moment, mais les caractères étaient trop petits. En outre, il me dit qu'il s'était occupé de la ferme toute sa vie et que quand il lisait, il n'avait pas envie de se replonger là-dedans. Puis il y eut une vente de charité à la mairie du village d'Iddesleigh où je trouvai des trésors inattendus: un exemplaire de *La Ferme des animaux*, un autre de *Voyage avec un âne à travers les Cévennes* et une dizaine d'albums de *Tintin*. Mais surtout un dictionnaire et une loupe. Après ça, il fit des progrès de géant en lecture. Pour l'écriture, il était plus lent, cependant. Il avait du mal à relier les lettres entre elles, et je n'insistais pas. Il traçait chaque lettre lentement, en appuyant trop fort sur le papier, cassant souvent la mine de son crayon. Il faisait une telle consommation de crayons qu'on aurait dit qu'il les mangeait. Mais il n'abandonna jamais, ne fût-ce qu'un seul jour. Parfois, il restait levé jusqu'à minuit, le nez sur son cahier. Moi, je dormais debout et n'avais qu'une envie : aller me coucher. Quand il s'agissait de ses leçons, c'était Grand-père qui me menait à la baguette, pas moi ! La veille de Noël, à minuit, il m'emmena vers l'étable.

— Je veux te montrer quelque chose, me dit-il à mi-voix.

Et il ouvrit doucement la porte.

— C'est la même chose tous les ans. Regarde ça.

Il alluma la lumière.

D'un côté, les vaches étaient dans la paille, clignant des yeux vers nous; et, de l'autre, les moutons nous regardaient paresseusement.

– Ils sont tous agenouillés, tu vois? La
veille de Noël, ils sont tous à genoux, exactement comme ils l'étaient dans l'étable,
il y a des milliers d'années.

– Ils sont couchés, Grand-père, ils ne sont pas agenouillés, lui dis-je. Et, de toute façon, ils s'allongent toujours au milieu de la nuit.

– Tu veux ton cadeau de Noël, ou pas, petit misérable? me dit-il en riant et en m'attrapant par la nuque. Alors, mon garçon, ils sont couchés ou à genoux?

– À genoux, Grand-père, dis-je en poussant un cri de douleur, et il lâcha prise.

Il me sourit, s'assit sur une balle de foin, tapota la paille à côté de lui et me demanda de m'asseoir.

Il sortit un livre de la poche de son manteau.

– J'ai une surprise pour toi, me dit-il.

Puis il commença.

– *Mort sur le Nil*, d'Agatha Christie. Premier chapitre.

Il lisait lentement et, quand il trébuchait sur un mot, il fronçait les sourcils, contrarié. Quand il eut fini de lire le chapitre, il referma le livre et me regarda, un

sourire ravi au fond des yeux. Son visage
était tout rouge après l'effort qu'il venait
de faire.

– Tu auras droit à deux chapitres par
jour, jusqu'à ce que j'aie fini, dit-il.

Et j'y eus droit, parfois même à trois.
À la fin, en approchant du Nouvel An, il
ne lisait plus des mots, mais une histoire.

Environ une semaine plus tard, je me
retrouvai dans le train allant d'Eggesford
à Exeter, mon sac à dos par terre, entre
mes genoux. Je rentrais chez moi; j'avais
décidé de partir pour l'Australie vers le

mois de février. J'aurais dû être impatient de partir, mais je ne l'étais pas. J'avais été garçon de ferme pendant quelques mois seulement, mais j'en avais aimé chaque moment, chaque tâche malodorante ou éreintante.

Je n'avais plus vraiment envie de voyager ni d'aller à l'université. Je supportais mal de laisser Grand-père tout seul, là-bas à Burrow. Il m'avait dit au revoir d'une façon plutôt abrupte, me donnant rapidement une tape sur la tête.

— Allez, vas-y, sinon tu vas rater ton train !

Puis, il s'était retourné et était rentré dans la maison. J'étais parti.

Mon sac à dos me tomba sur les pieds. Tandis que je le ramassais, je vis une enveloppe blanche dépasser de la poche latérale. Je la pris. Il y avait dix billets de dix livres à l'intérieur. Le pari ! Les cent livres du pari ! Je l'avais complètement oublié. Il y avait un mot aussi, qui disait :

J'espère que tu aimeras mon histoire. Je l'ai écrite juste pour te montrer que je pouvais. C'est au sujet du vieux tracteur Fordson au fond de la grange et de Joey et de moi. Merci mille fois de m'avoir appris tout ça. Que Dieu te bénisse.

Grand-père

Je fouillai rapidement dans mon sac à dos et trouvai l'histoire. C'étaient simplement six feuillets de papier froissé, pliés à l'intérieur de mon sac. Ils étaient couverts d'une écriture appuyée, au crayon noir, chaque lettre laborieusement, méticuleusement formée. Le tout était bien lisible. Il n'y avait pas beaucoup de ponctuation. Nous avions vu ensemble les lettres majuscules et le point final, mais guère plus.

L'histoire
de Grand-père

Quand j'étais petit le 1er mai au village d'Iddesleigh était le plus beau jour de l'année. Il y avait la marche autour du village derrière la fanfare et tout le monde suivait la banderole bleue de la Société des Amis. Les hommes avaient des rubans bleus sur leur veste et Père était là aussi dépassant tous les autres d'une tête.

Il y avait des balançoires à deux places autour de la grande pelouse du village et un manège. On pouvait manger des petits pâtés, des pommes caramélisées et boire

de la limonade. L'après-midi on organisait des jeux dans la ferme de West Park.
Nous faisions toutes sortes de courses. Des courses avec un œuf dans une cuiller, des

courses en sac, des courses où l'on s'atta-
chait l'un à l'autre, des courses où il fallait
sauter. Dès que quelqu'un parlait d'un jeu
on le faisait. Mais le plus amusant c'était

la chasse au poulet. On mettait un pauvre poulet ou un jeune coq au milieu du champ et le vieux paysan Northley baissait un drapeau. Nous courions alors derrière lui, derrière le poulet pas derrière le vieux paysan Northley. Et celui qui l'attrapait pouvait le garder. On s'amusait comme des fous. Les garçons voyaient bien plus de jupons et de

dessous le 1er mai à Iddesleigh qu'il n'aurait fallu. Tous les ans je poursuivais ce jeune coq comme tous les autres mais je ne l'ai jamais pris.

Je me souviens que c'est l'année où Père l'a attrapé que tout est arrivé. Je devais avoir sept ou huit ans. Le coq a volé devant le visage de mon père et il l'a attrapé. Le coq

avait beau battre des ailes et pousser des cris perçants, mon père ne le lâchait plus.

Nous aurions un bon dîner avec ça et nous étions sacrément remontés je peux te le dire. Père et moi on est restés au village tandis que Mère rentrait à la maison avec la volaille.

Il y avait foule à la taverne du Duc d'York et comme d'habitude certains avaient trop bu de bière ou de cidre. Ça chahutait à l'intérieur et je me suis assis dehors avec les chevaux pour attendre mon père. C'est la boisson qui a tout déclenché. C'est ce que ma mère a toujours dit en tout cas.

Harry Medlicott était propriétaire de la ferme de West Park à l'époque. C'était la plus grande ferme des environs. Harry Medlicott est sorti du Duc soûl comme une bourrique. Il était connu pour ça. C'était un type prétentieux et très content de lui. Dans le coin il était le premier à avoir une voiture et le premier à avoir un tracteur aussi. Mon père et moi étions déjà sur nos chevaux prêts à partir. Père sur Joey et moi sur Zoey quand Harry Medlicott est arrivé en disant :

Dis donc Caporal il serait temps que tu te mettes au goût du jour.

Qu'est-ce que vous voulez dire ? lui a demandé Père.

Avec tes deux vieux canassons là. Tu ferais mieux d'aller t'acheter un vrai tracteur moderne comme moi.

Pour quoi faire ? lui a demandé Père.

Pour quoi faire. Pour quoi faire. Je vais te le dire moi pour quoi faire. Mon Fordson peut labourer un champ cinq fois plus vite que tes deux sacs d'os. Voilà la réponse.

Ah des sacs d'os a dit Père.

Tout le monde savait ce que Père pensait de son Joey et qu'il ne supporterait pas d'entendre un seul mot contre lui.

Tout le monde le savait en ce temps-là.

Pendant un moment Père s'est contenté de regarder Harry Medlicott du haut de sa monture. Puis il s'est penché en avant et a parlé à l'oreille de Joey :

Tu entends ça Joey ? lui a-t-il dit.

Joey a balayé l'air de sa queue et frappé le sol avec ses sabots comme s'il voulait partir. Un attroupement se formait. Ils étaient tous aussi soûls que Harry Medlicott et comme lui ils se moquaient de nous.

Il n'aime pas beaucoup ce que vous dites M. Medlicott a lancé mon père. Et moi non plus d'ailleurs.

Que ça te plaise ou pas Caporal a dit Harry Medlicott en avalant son cidre d'un trait. Que ça te plaise ou pas, le temps des

chevaux est fini. Regarde-moi ces deux-là. Ils sont tout juste bons à envoyer à l'abattoir si tu veux mon avis.

C'est vrai que mon père avait bu une bière ou deux. Je ne le nie pas. Sinon je suis sûr qu'il serait tout simplement parti. Je ne crois pas qu'il se soit jamais mis en colère de toute sa vie mais je ne l'avais jamais senti aussi contrarié. Je le voyais à son regard. Quoi qu'il en soit il flatte l'encolure de Joey et essaye de calmer les choses avec un sourire.

Je pense qu'ils pourront servir encore quelques années M. Medlicott a-t-il dit.

Servir à rien Caporal crois-moi lui a lancé Harry Medlicott en riant aux éclats. Je dis qu'aujourd'hui un homme sans tracteur n'est pas un vrai paysan. Voilà ce que je dis.

Père s'est redressé sur sa selle et tout le monde se demandait ce qu'il allait répondre.

Très bien M. Medlicott a-t-il dit. C'est ce qu'on va voir. On va voir si votre tracteur est si bien que ça. Le labour commence en novembre. Je mettrai mes deux chevaux contre votre tracteur et on verra qui s'en tirera le mieux.

Harry Medlicott se tordait de rire à présent comme la moitié des gens qui étaient là.

Qu'est-ce que tu racontes Caporal? a-t-il dit. Ces deux vieux canassons contre mon nouveau Fordson. J'ai un bisoc réversible. Tu n'as qu'une vieille charrue à un seul soc. Tu n'as aucune chance. Je vais te dire une chose, je peux faire facilement trois hectares par jour. Peut-être même plus. Tu n'as aucune chance Caporal.

Ah je n'ai aucune chance a dit Père avec un éclair d'acier dans les yeux. Vous êtes sûr de ça n'est-ce pas?

Évidemment a dit Harry Medlicott.

Très bien a dit Père.

Et il a parlé fort pour que tout le monde puisse l'entendre.

Voilà ce que nous allons faire. Nous allons labourer autant de sillons qu'on le pourra de six heures et demie du matin à trois heures et demie de l'après-midi. Une heure de pause pour le déjeuner. Le paysan Northley rendra son jugement à la fin de la journée. Les sillons seront bien faits et droits comme il se doit. Et autre chose M. Medlicott puisque vous êtes si sûr de gagner nous allons faire un petit pari n'est-ce pas? Si je gagne je prends votre tracteur. Si vous gagnez je vous donne une centaine de balles de mon meilleur foin. Qu'est-ce que vous en dites.

Mais mon Fordson vaut beaucoup plus que ça a répondu M. Medlicott.

Bien sûr, a dit Père. Mais comme de toute façon vous êtes sûr de ne pas perdre ça vous est égal.

Et il lui a tendu la main.

Harry Medlicott a réfléchi un instant puis il a serré la main de Père. C'était fait. Nous sommes partis à la maison sur nos chevaux et Père n'a plus desserré les dents de tout le chemin. Nous étions en train de desseller les chevaux près de l'écurie quand il a poussé un long soupir et m'a dit:

Ta mère va être furieuse contre moi. Je n'aurais pas dû faire ça. Je n'aurais jamais dû. Je ne sais pas ce qui m'a pris.

Il avait raison. Je n'avais jamais vu Mère aussi fâchée. Elle lui a dit ce qu'elle pensait de lui qu'ils ne pouvaient vraiment pas se permettre de donner une centaine de balles de foin qu'il était sûr de perdre et qu'aucun cheval au monde n'était aussi rapide qu'un tracteur. N'importe quelle personne de bon sens savait ça. Père est resté calme et n'a pas discuté avec elle. Il lui a simplement dit qu'il ne pouvait pas revenir là-dessus à présent. Ce qui était fait était fait et il essaierait de faire ce qu'il pourrait.

Mais je vais te dire quelque chose Maisie lui a-t-il dit. Ce Harry Medlicott avec sa jolie voiture son gilet et son joli tracteur il va se faire des cheveux blancs à partir de maintenant jusqu'en novembre. Tu verras.

C'est toi qui vas te faire des cheveux blancs quand tu auras perdu, lui a dit Mère.

Peut-être que oui peut-être que non lui a répondu Père avec un petit sourire. Ce serait quand même quelque chose de gagner malgré tout.

Au mois de juin nous avons fait une bonne récolte de foin sur les Hautes Terres Rouges et Mère ne semblait plus s'inquiéter de cette histoire. Mais à la maison aucun de nous ne disait plus un mot sur le concours de labour. Mère ne voulait pas en entendre parler. Je peux te le dire. Mais je me rappelle que Père et moi nous n'avons pas parlé d'autre chose pendant tout l'été et une bonne partie de l'automne.

Père disait des trucs comme :

Eh bien si jamais des chevaux peuvent faire ça c'est bien Joey et Zoey.

Ou encore

Un cheval qui au bout de quatre ans sort en pleine forme de la boue des Flandres comme Joey peut gagner un petit concours de labour. Ce sera une vraie promenade de santé pour lui.

J'aurais bien voulu le croire mais je n'y arrivais pas. On y allait doucement avec Joey et la vieille Zoey. Nous les faisions travailler lentement et nous les nourrissions

comme des rois si bien que leurs robes brillaient au soleil comme un sou neuf.

À l'école aussi le concours de labour entre Père et Harry Medlicott était le grand sujet de conversation. Mais c'était dur pour moi. Tout le monde disait que Père allait prendre une raclée pour rien. Même Billy Bishop mon meilleur ami même Billy Bishop disait que Père devait être tombé sur la tête pour penser qu'il pouvait gagner. Je leur répondais quelque chose comme on voit que tu ne connais pas Joey aussi bien que moi ou nous avons deux chevaux et il n'a qu'un seul tracteur. Ou quand je ne trouvais rien à répondre je disais simplement attendez et vous verrez. Mais je n'y croyais pas même au moment où je le disais. Je savais au fond de mon cœur comme tout le monde que c'était sans espoir. Joey devait avoir une quinzaine d'années à présent et Zoey une vingtaine et il aurait mieux valu qu'ils n'aient eu que la moitié de leur âge. Les chevaux ne peuvent pas labourer aussi vite que les tracteurs.

C'était aussi simple que ça. Beaucoup de mes camarades d'école voulaient que nous gagnions. Car tous préféraient Père à Harry Medlicott. Mais ils disaient quand même que nous n'avions aucune chance. Et je savais qu'ils avaient raison.

C'était prévu pour le 6 novembre. Je m'en souviens car la veille était un soir de fête et comme d'habitude tout le monde avait allumé des feux de joie partout. J'avais regardé Père affûter le soc de la charrue une dernière fois et je pouvais voir le feu venant de la grande maison en haut de la colline se refléter dans la lame argentée du soc. Le vieux paysan Northley avait choisi pour la compétition le champ des Bougies de M. Arnold. C'était un champ presque carré d'un hectare et demi qui descendait jusqu'à la rivière et qui était entouré de haies. Les gens étaient venus de loin pour voir et je savais que nous n'avions pas une chance sur un million de gagner.

Ça se passera bien tu sais m'a dit Père et il m'a souri par-dessus le reflet du feu de bois

sur le soc de la charrue. Nous allons gagner.
Tu verras.

Il ne me le disait pas seulement pour faire
bonne figure. Il croyait vraiment que nous
allions gagner.

Disons bonsoir à Joey et à Zoey a-t-il
ajouté. Et souhaitons-leur bonne chance.

C'est ce que l'on a fait. J'ai prié cette
nuit-là comme je n'avais jamais prié aupa-
ravant.

Le lendemain matin je me suis levé à six
heures pour aider père à nourrir les chevaux
avec des grains de maïs et du foin. Nous
les avons brossés et nous sommes allés
déjeuner. Quand nous avons fini Mère nous
a donné des petits pâtés à emporter pour
le déjeuner. Elle nous a accompagnés à la
porte. Elle ne viendrait pas et ne regarderait
pas nous a-t-elle dit. Elle avait des choses à
faire à la maison et elle a embrassé Père sur
la joue avant de rentrer à l'intérieur. Père
est resté ébahi et moi aussi. Elle ne l'em-
brassait pas souvent.

Nous avons mené les chevaux à travers les prés de Brimclose jusqu'au champ des Bougies. Père et Joey ensemble et moi derrière avec Zoey. Il n'y avait pas seulement les gens du village mais une douzaine d'autres gars venus de plusieurs kilomètres à la ronde.

Ce matin-là au champ des Bougies c'était comme une foire. Harry Medlicott nous attendait les mains dans les poches appuyé contre son Fordson vert, entouré de sa bande de copains. Il avait un large sourire sur son grand visage gras. J'avais envie de lui donner des coups de pied. Je t'assure que je n'étais pas loin de le faire.

Le vieux paysan Northley nous a fait mettre en ligne et vers six heures et demie nous étions prêts à partir. Tout était gris autour de nous mais on pouvait voir que le champ était divisé en deux par un seul sillon.

– Faites autant de beaux sillons que vous le pourrez jusqu'à trois heures et demie de l'après-midi, a dit le vieux paysan Northley.

Le tracteur au Caporal si c'est lui qui gagne.
Et cent balles du meilleur foin à M. Medlicott si c'est lui le vainqueur.

Il a levé son drapeau et l'a agité. Père a
hélé Joey et Zoey et ils sont partis dans le
champ. M. Medlicott a pris son temps. Il a
donné un bon tour de manivelle et le Fordson s'est mis en marche avec la plus grande

facilité. M. Medlicott a fait un grand salut avec son chapeau puis il est monté sur le tracteur et a démarré.

Tandis que le soleil apparaissait à travers les arbres tout le monde a vu nettement que Père était déjà loin derrière.

Le tracteur labourait plus vite et il tournait aussi plus vite sur les côtés dans la terre non labourée. Père était de plus en plus loin derrière. Il ne pouvait rien y faire.

Mais il continuait à parler à ses chevaux en labourant pour les amadouer comme il avait toujours fait. Vas-y Joey. Hue. Voilà un bon cheval. Allons ma bonne vieille Zoey.

Les gens étaient du côté de Père. Presque tous en tout cas. Je me disais que les gens aiment les perdants. Les larmes me montaient aux yeux et je ne pouvais plus les arrêter. Tout le monde l'encourageait en applaudissant et en sifflant chaque fois

qu'il tournait. Moi aussi. Mais ça n'aidait pas beaucoup mon père ni les chevaux. J'avais envie de m'enfuir. Je n'avais pas envie de regarder mais il le fallait bien. J'étais au bout du sillon chaque fois que Père revenait et qu'il nous souriait. J'essayais de lui rendre son sourire mais ce n'était pas facile je peux te le dire.

Lorsque le vieux paysan Northley a annoncé la pause pour le déjeuner tout le monde a vu que la compétition était pratiquement finie. Harry Medlicott dans son tracteur vert avait presque fini de labourer la moitié du champ. Il avait tracé quarante-huit sillons et Père en avait fait quinze. J'observais Harry Medlicott qui s'était assis contre la haie pour manger avec ses amis tout autour de lui et je le détestais plus que jamais. On les entendait rire bruyamment. Je me suis assis à côté de Père pour manger nos petits pâtés. Nous avions beau être entourés par un groupe plus important encore nous n'avions vraiment pas de quoi nous réjouir. C'était plutôt comme un enterrement.

Joey et Zoey mastiquaient non loin de là dans leur mangeoire puis mon père et moi les avons emmenés boire longuement à la rivière. Ils en avaient besoin. Ils ont bu et bu encore et nous les regardions.

Un martin-pêcheur aussi vif que l'éclair est venu se poser sur une branche.

Voilà qui porte bonheur a dit mon père.

Il a posé sa main sur mon épaule.

Je n'ai pas encore perdu. Loin de là. Tu connais l'histoire du lièvre et de la tortue n'est-ce pas ?

Non lui ai-je répondu.

Eh bien moi je la connais a-t-il dit.

Et il s'est agenouillé pour boire avec les

chevaux. Au bout d'un moment il s'est levé et a essuyé sa bouche avec sa main.

Soudain il a souri.

Regarde m'a-t-il dit en se tournant vers le champ. Elle est venue finalement. J'espérais bien qu'elle viendrait. Qu'est-ce qu'elle fait.

Mère faisait le tour du tracteur de Harry Medlicott en regardant attentivement. Puis elle est venue vers nous en traversant le champ à moitié labouré.

Le paysan Northley dit que tu as encore dix minutes avant de recommencer a-t-elle déclaré. Comment ça va? Comment va ta jambe?

Ça ira a dit Père. Je suis content que tu sois venue Maisie. Les chevaux travaillent bien. Ils sont peut-être vieux, mais ils sont toujours aussi bons.

Alors j'ai vu que Père boitait tandis qu'il s'éloignait et que Joey frottait son nez contre sa nuque comme il le faisait souvent.

À midi le paysan Northley a de nouveau agité son drapeau.

Allons viens Joey a lancé mon père. Tu es une bonne fille Zoey.

Et ils ont repris le travail et remonté le champ avec le soc qui traçait droit le sillon. Je me souviens maintenant que je restais là à le regarder avec fierté et que je respirais l'odeur de la terre. Rien ne vaut l'odeur de la terre qu'on vient de retourner. Comme du métal froid mais propre et bon comme le premier souffle de vie.

Harry Medlicott crachait dans ses mains et les frottait l'une contre l'autre. Il continuait à rire et à plaisanter avec ses amis. Il a tourné la manivelle une deux trois fois.

Il ne s'est rien produit. Il a essayé encore et encore. Le tracteur ne faisait que tousser et crachoter. Père avait déjà fait tout un sillon et tournait. Le tracteur ne démarrait toujours pas. Alors tous les amis de Harry Medlicott ont accouru pour lui donner un coup de main en tirant d'un côté et en poussant de l'autre. Ils se disputaient aussi, hochaient la tête et criaient. J'ai senti une lueur d'espoir naître en moi.

J'entendais Harry Medlicott crier à ses amis de s'écarter de son chemin et de reculer. Il se démenait comme un fou et ça me faisait plaisir. Très plaisir même. Il a craché

dans ses mains et essayé encore une fois.
Ça n'a pas marché. Le Fordson ne voulait
pas démarrer. Quelqu'un d'autre a essayé
de tourner la manivelle puis un autre encore.
Personne n'a pu le faire partir et Père avait
tracé un nouveau sillon.

Deux heures plus tard le moteur du tracteur était en pièces et Harry Medlicott était penché au-dessus, la tête à l'intérieur du tracteur et son gros derrière en l'air. J'étais gai comme un pinson. Père continuait à avancer laborieusement

derrière les chevaux et je comptais chaque sillon.

Il avait fait trente-cinq sillons mais je voyais qu'il se fatiguait de plus en plus. Mère et moi étions assis l'un à côté de l'autre et nous l'encouragions en criant chaque fois qu'il tournait jusqu'à en avoir mal à la gorge. Je savais elle savait et tout le monde savait que peut-être mais peut-être seulement un miracle pourrait arriver. Père le savait aussi.

Il pouvait très bien voir ce qui se passait lui-même et chaque fois qu'il venait vers nous pour tourner au bout d'un sillon il nous faisait un sourire de plus en plus éclatant. La sueur coulait sur son front et j'ai vu la souffrance envahir peu à peu son visage.

À plusieurs reprises il a trébuché et il est tombé à genoux. Il devait alors crier aux chevaux de s'arrêter et chaque fois qu'il tombait il mettait plus de temps à se relever. Il avait fait quarante-huit sillons à présent.

Autant que le tracteur. Il fallait simplement continuer.

Nous avions presque oublié le tracteur. Nous n'aurions pas dû. J'ai regardé à l'autre bout du champ. Tout rentrait dans l'ordre. Harry Medlicott écartait tout le monde et crachait dans ses mains. Il a essayé de faire tourner la manivelle. La misérable machine a démarré du premier coup. Harry est monté dans le tracteur et a fait ronfler le moteur dans le champ, rattrapant mon père à chaque seconde.

Quand Medlicott l'a dépassé un murmure désapprobateur s'est élevé de la foule à l'exception de sa petite bande de copains mais je peux te dire que ce n'était rien à côté de la plainte qui était en moi. J'en avais mal au cœur. Harry Medlicott allait gagner maintenant. Rien ne pourrait plus l'arrêter. Nous avions perdu et nous le savions tous.

C'est à ce moment-là que Père est tombé à genoux au milieu du champ.

Il paraissait ne pas pouvoir se relever.

Mère a couru vers lui et moi aussi. Il a levé les yeux vers elle en essayant de reprendre son souffle.

Mes jambes ne me porteront pas plus loin Maisie a-t-il dit.

Puis il m'a regardé droit dans les yeux.

Finis ça pour moi m'a-t-il demandé. Laisse les chevaux faire le travail. Tu dois simplement les faire aller droit. Tu m'as souvent vu labourer n'est-ce pas. Tu peux le faire.

C'est ainsi que je me suis retrouvé en train de suivre la charrue cet après-midi-là derrière Joey et Zoey. Nous n'allions pas gagner mais nous n'allions pas abandonner non plus. Tu aurais dû entendre le bruit que faisait la foule. Cela suffisait à me donner autant de force dans les jambes qu'à un adulte. Je n'aurais jamais cru que j'y arriverais mais comme Père me l'avait dit c'étaient les chevaux qui faisaient tout.

Je me contentais de l'imiter et de suivre les chevaux.

J'étais en train de revenir vers la foule quand j'ai vu qu'il se passait quelque chose. Dans son tracteur Harry Medlicott tournait vite sur les côtés comme il l'avait toujours fait mais cette fois il était allé trop vite. Le tracteur n'a pas ralenti comme il aurait dû. Il a chaviré dans le fossé et est resté appuyé contre la haie avec la charrue qui

ne labourait plus que de l'air et ses grandes
roues boueuses qui tournaient et tournaient toujours. Ça faisait plaisir à voir. Ça
réchauffait le cœur. Le moteur a hoqueté et
s'est arrêté en faisant beaucoup de fumée.
Quand la fumée s'est dispersée j'ai vu Harry
Medlicott qui sautait dans tous les sens.
Il avait l'air d'un fou. Comme tu peux l'ima-
giner la foule était déchaînée à présent et
m'encourageait à grands cris. Je continuais

à labourer encore et encore. Je remontais le champ puis je tournais je redescendais puis je tournais à nouveau et je remontais. Je gardais les yeux le plus possible sur mon sillon. Je savais qu'ils devaient tous être bien droits. Il ne fallait pas les quitter du regard. Mais de temps en temps je jetais un coup d'œil au tracteur pour être sûr qu'il était

toujours dans le fossé. Je voulais qu'il y reste et chaque fois que je regardais il y était.

Peu à peu je rattrapais mon retard. Je hélais Joey et Zoey exactement comme mon père le faisait. Je reconnais que je me donnais un peu en spectacle.

Les deux chevaux savaient très bien ce qu'il en était et n'avaient pas besoin que

je leur dise quoi que ce soit. Ils tiraient de plus en plus vite sans jamais poser le pied de travers et toujours ensemble comme un cheval à huit jambes. Quand le vieux paysan Northley a enfin agité son drapeau pour dire que la compétition était finie j'étais si fatigué que je tenais à peine sur mes jambes.

Il a compté les sillons puis il a annoncé que Harry Medlicott en avait tracé soixante et que nous en avions fait soixante et un.

Tous les sillons étaient bien droits comme il se devait. Nous avions gagné.

Il faut être juste avec Harry Medlicott. Il est venu droit vers nous et a serré la main de mon père puis la mienne. Il a dit que j'étais un brave gars et m'a ébouriffé les cheveux avec sa main pleine d'huile.

Eh bien Caporal a dit Harry Medlicott à mon père. Tu as gagné à la régulière. Ce tracteur est à toi si tu arrives à le sortir du fossé.

Le soir même avec l'aide d'une douzaine d'hommes ou peut-être plus nous avons remis le tracteur sur ses roues. Nous n'avons pas réussi à le faire démarrer alors nous l'avons attelé à Joey et à Zoey et à eux deux ils l'ont tiré tout le long du chemin à travers les prés de Brimclose jusqu'à la grange. Crois-moi ça leur a plu.

Ainsi le Fordson était à nous pour toujours et ni Joey ni Zoey n'ont plus jamais eu besoin de labourer. Joey a vécu longtemps après la chère vieille Zoey. Il avait presque trente ans quand il est mort. Il a eu dix bonnes années de retraite qu'il passait presque tout le temps dans le verger. Joey adorait les pommes. Et il les surveillait bien aussi.

Un jour Père m'a dit que labourer avec un tracteur ce n'est pas la même chose. On peut difficilement parler à un tracteur n'est-ce pas? Mais je me rappelle quand même qu'il s'occupait de ce vieux Fordson comme d'un bébé.

Ne t'en débarrasse jamais, me disait-il. C'est une histoire de famille ce vieux tracteur.

Malgré sa jambe malade Père a continué à travailler jusqu'au jour de sa mort. Tous les soirs à la tombée de la nuit il remontait le chemin pour enfermer les volailles et les protéger du renard. Il n'a jamais laissé personne y aller à sa place même quand sa jambe le faisait beaucoup souffrir.

Et puis un soir il est parti et n'est plus revenu. Je l'ai trouvé allongé par terre près

du poulailler avec son bâton toujours à la main. Le docteur nous a dit à Mère et à moi que c'était la meilleure façon de s'en aller. Il ne s'était aperçu de rien.

Quand mon heure viendra je veux que ce soit exactement pareil. Une fin rapide et douce. Peut-être que je serai en train de rentrer les volailles à l'intérieur comme Père et que quelqu'un me retrouvera près du

poulailler. L'inspecteur de police viendra il regardera les traces de pas et les empreintes digitales puis il écrira dans son rapport :

Décédé de mort naturelle.

Pas de crime apparent.

Alors je penserai à ce poulet resté dehors et ça me fera sourire.

FIN

L'histoire de Grand-père m'a accompagné dans mon sac à dos pendant tout mon voyage jusqu'en Australie. Je l'ai lue à la lumière de ma lampe de poche sur ma couchette dans la bergerie. Je l'ai lue dans le *bush* à la lueur de la lune. Je l'ai lue dans l'avion qui me ramenait à la maison, avec sur le papier les derniers reflets rouges du soleil australien. Alors j'ai compris que j'avais déjà pris ma décision.

Je suis allé à l'université faire des études d'ingénieur, comme je l'avais déjà décidé, mais au bout de quatre ans je suis revenu à Burrow m'occuper de la ferme avec Grand-père. Il s'est plus ou moins retiré, maintenant. Il passe la plupart de son temps à lire – Sherlock Holmes en ce moment. Il me laisse le plus gros des travaux de la ferme. C'est aussi bien que tout ce que j'espérais et mieux encore.

J'ai passé mes soirées dans la grange à restaurer le vieux Fordson vert. Maintenant, il a de nouveau quatre roues, un moteur qui marche, et la carrosserie est presque finie. C'est ma fierté et ma joie.

Grand-père est venu l'inspecter, hier soir. Il en a fait le tour en le tapotant

et en le caressant comme si c'était un cheval.

– Il est aussi beau que s'il était neuf, m'a-t-il dit. J'aimerais bien que tu puisses en faire autant pour moi.

Et il est parti rentrer ses poules. Peu importe qu'il fasse froid, qu'il pleuve, ou

qu'il vente, il veut toujours le faire lui-même.

Lorsqu'il est sorti, je me suis assis sur le tracteur. J'ai serré le volant entre mes mains, j'ai fermé les yeux et je suis parti, traversant la ferme en pétaradant. J'étais en route vers le champ des Bougies, le moteur vrombissant dans le vent, quand il a interrompu mes rêves. Il agitait son bâton vers moi devant la porte de la grange et riait:

– Sacrément bruyant, ce vieux tracteur! Tu devrais vérifier les freins. Ils ne sont pas fiables. Rappelle-toi ce qui est arrivé à ce vieux Harry Medlicott!

– Je m'en souviens, lui ai-je dit.

L'auteur

Michael Morpurgo est né en 1943, à St-Albans, en Angleterre. À dix-huit ans, il entre à la Sandhurst Military Academy puis abandonne l'armée, épouse Clare et devient professeur. En 1982, il écrit un premier livre, *Cheval de guerre*, qui lance sa carrière d'écrivain. Devenu un classique, l'ouvrage a été adapté au cinéma par Steven Spielberg. Michael Morpurgo a depuis signé plus de cent livres, couronnés de nombreux prix littéraires dont les prix français Sorcières et Tam-Tam.

Depuis 1976, dans le Devon, Clare et lui ont ouvert trois fermes à des groupes scolaires de quartiers défavorisés pour leur faire découvrir la campagne et les animaux. Ils y reçoivent chaque année plusieurs centaines d'enfants, et ont été décorés de l'ordre du British Empire pour leurs actions destinées à l'enfance. En 2006 Michael Morpurgo est devenu officier du même ordre pour services rendus à la littérature. Il est l'un des rares auteurs anglais à avoir été fait chevalier des Arts et des Lettres en France. Il a créé le poste de Children's Laureate, une mission honorifique consacrée à la promotion du livre pour enfants. Michael Morpurgo milite en faveur de la littérature pour la jeunesse à travers tous les médias, mais aussi dans les écoles et les bibliothèques qu'il visite en Grande-Bretagne, en France et dans le monde entier. Père de trois enfants, il a sept petits-enfants.

FOLIO CADET

Du même auteur

L'histoire de la licorne

illustré par Gary Blythe

Tomas, huit ans, déteste l'école, les livres et les histoires. Il préfère vagabonder dans les montagnes qui entourent son village. Aussi, lorsque sa mère le dépose un jour à la bibliothèque pour assister à l'heure du conte, il ne montre guère d'enthousiasme. Le jeune garçon réticent finit par s'approcher peu à peu de la «Dame à la Licorne», fasciné par les histoires qu'elle raconte.

Le lion blanc

illustré par Jean-Michel Payet

Dans la savane d'Afrique du Sud, au début du siècle. Bertie passe son enfance solitaire, jusqu'au jour où il fait une rencontre extraordinaire : un lionceau orphelin, tout blanc. Il l'adopte et tous deux deviennent inséparables. Le temps passe ; le jeune garçon est envoyé en pension en Europe et le lion est vendu à un cirque. Puis c'est la guerre qui éclate. Les deux amis se retrouveront-ils ?

L'illustrateur

Michael Foreman est né en 1938 dans le village de pêcheurs de Pakefield dans le Suffolk, en Angleterre. Son talent étant évident, son professeur de dessin l'incite à entrer aux Beaux-Arts. Le premier livre de Michael Foreman, *The General,* a été publié alors qu'il était encore étudiant au Royal College of Art de Londres. Depuis ce premier livre, Michael est devenu l'un des plus célèbres illustrateurs de livres pour enfants d'aujourd'hui. Grand voyageur, il a illustré toute une série de contes de fées, de légendes venues des quatre coins du monde. Il a également mis en image des œuvres de Dickens, Shakespeare, Roald Dahl, Rudyard Kipling et Robert Louis Stevenson. Ses nombreuses collaborations avec Michael Morpurgo, pour *Un aigle dans la neige, The Mozart Question* ou encore *Mauvais Garçon* (tous dans la collection Folio Junior) ont fait de lui un illustrateur mondialement reconnu et incontournable. Il a reçu plusieurs prix littéraires et ses ouvrages sont traduits dans de nombreuses langues.

Découvre
d'autres belles histoires

Fantastique Maître Renard
de Roald Dahl illustré par Quentin Blake

Dans la vallée vivent trois riches fermiers, éleveurs de volailles dodues. Le premier est gros et gourmand ; le deuxième est petit et bilieux ; le troisième est maigre et se nourrit de cidre. Tous les trois sont laids et méchants. Dans le bois qui surplombe la vallée vivent Maître Renard, Dame Renard et leurs trois renardeaux, affamés et malins…

Louis Braille
de Margaret Davidson illustré par André Dahan

Louis Braille est devenu aveugle à l'âge de trois ans à la suite d'un accident. Cela ne l'empêche pas de vivre presque comme tous les autres enfants. C'est à l'école que les difficultés vont commencer car il veut apprendre à lire. Le jeune garçon se fait alors une promesse incroyable : il trouvera le moyen de déchiffrer ce que ses yeux ne peuvent voir.

Le poney dans la neige
de Jane Gardam illustré par William Geldart

Bridget habite une ferme isolée sur la colline.
Le jour de son anniversaire, son rêve se réalise enfin :
elle reçoit en cadeau un poney. La petite fille apprend
à le monter. Lorsqu'une tempête de neige se lève,
son père lui demande d'aller dans la vallée pour aller
chercher le docteur car le bébé qu'attend sa mère
arrivera bientôt. Bridget et son poney doivent affronter
le mauvais temps...

L'homme qui plantait des arbres
de Jean Giono illustré par Olivier Desvaux

En Provence, dans une région aride et sauvage,
un berger solitaire plante des arbres, des milliers d'arbres.
Alors, au fil des ans, les collines autrefois nues reverdissent
et les villages désertés reprennent vie. Voici l'histoire
d'Elzéard Bouffier, le silencieux, le méticuleux,
l'homme qui réconcilie l'homme et la nature.

Longue vie aux dodos
de Dick King-Smith illustré par David Parkins

Bertie et Béatrice s'aiment d'amour tendre. Ils vivent
paisiblement avec leurs frères dodos sur une île de
l'océan Indien jusqu'au jour où des pirates débarquent,
semant la terreur. Mais les volatiles devront ensuite
affronter de plus terribles dangers : un typhon, puis
les rats, très friands des œufs de dodo. L'avenir de
la colonie se trouve menacé. Heureusement, sir Francis
Drake, le perroquet, veille...

Voyage au pays des arbres
de J.M.G Le Clézio illustré par Henri Galeron

Un petit garçon qui s'ennuie et qui rêve de voyager
s'enfonce dans la forêt, à la rencontre des arbres. Il prend
le temps de les apprivoiser, surtout le vieux chêne qui
a un regard si profond. Il peut même les entendre
parler. Et quand les jeunes arbres l'invitent à leur fête,
le petit garçon sait qu'il ne sera plus jamais seul.

Les chats volants
d'Ursula K. Le Guin illustré par S.D. Schindler

Quel étrange mystère : les quatre chatons Thelma,
Harriet, Roger et James sont nés avec des ailes ! Mais
leur mère a bien d'autres soucis pour s'en préoccuper.
En ville, de terribles dangers guettent ses petits.
Elle ne pourra pas toujours les protéger. Elle les envoie
donc à la campagne : les chats volants vont devoir voler
de leurs propres ailes…

Sarah la pas belle
de Patricia MacLachlan illustré par Quentin Blake

Anna et Caleb n'ont plus de maman. Elle est morte
à la naissance de Caleb, laissant Jacob, le fermier,
seul avec ses deux enfants. Un jour, Jacob met
une petite annonce dans le journal et Sarah y répond.
Une correspondance s'engage entre eux, jusqu'au jour
où Sarah écrit : « J'arriverai par le train. Je porterai
un bonnet jaune. Je suis grande et pas belle. »

Maquette : Karine Benoit

ISBN : 978-207-508292-1
N° d'édition : 400743
Loi n° 49-956 du 16 juillet 1949
sur les publications destinées à la jeunesse
Premier dépôt légal : mai 2001
Dépôt légal : septembre 2021
Imprimé en Espagne par Novoprint (Barcelone)

PEFC PEFC/14-38-00277